AF607465

La niña a la que le gustaban los lunes 3

CARLOS DAUNÉS PÉREZ

Aliarediciones

Corrección: Inés González Calo
Diseño de cubierta: Jaime Galisteo
Ilustraciones generadas por IA
Maquetación: Aliar Ediciones

Depósito Legal: GR 891-2024
ISBN: 978-84-10374-27-0

Impreso en España

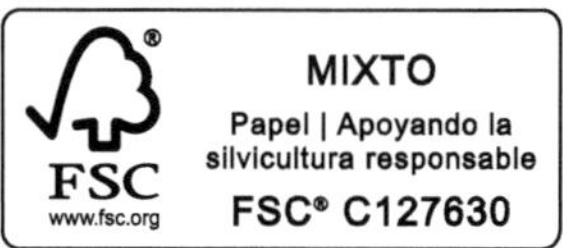

Edita
ALIAR Ediciones
www.aliarediciones.es
info@aliarediciones.es

La niña a la que le gustaban los lunes 3

CARLOS DAUNÉS PÉREZ

La niña a la que le gustaban los lunes

VOL. 5

Los hechos relatados son ficción. Cualquier semejanza con personajes o lugares es pura casualidad.

La ambientación histórica es para poner contexto. Aunque hay cosas que sucedieron, no intenta ser una obra históricamente exacta ni explicar que todo eso sucediera o lo hiciera a la vez. Es utilizada como trasfondo para contar una historia.

El personaje de Janusz está inspirado en una persona real. Janusz Korzack fue un pedagogo innovador que luchó toda su vida por los derechos y la igualdad de los niños. Pudiendo librarse de ser ejecutado, decidió quedarse con los niños que estaban a su cargo. Murió junto a sus protegidos en el campo de exterminio nazi de Treblinka. Algunas de sus frases están implementadas de forma íntegra en este libro.

La cosa más importante es esta:
ser capaz en cualquier momento de sacrificar
lo que somos por lo que podríamos llegar a ser.

Charles Dubois.

CAPÍTULO 1

AGUA

A Shaira le gustaban los lunes. No sabía definir exactamente porqué. Para ella todos los días eran iguales.

Se levantaba bastante antes del amanecer. Su cama no era más que un catre con paja. No tenía despertador. De hecho, nunca había visto uno de verdad. Uno que no estuviera fotografiado en alguna revista, como las que tenía su primo Sharik.

No desayunaba. Solo podía permitirse una comida al día. Así que Shaira salía fuera de casa descalza y recorría cinco kilómetros sobre una tierra seca y llena de guijarros. Hacía tiempo que ya casi no le sangraban las plantas de los pies. Estaban encallecidas y dolían menos. Las dos garrafas vacías pesaban poco a la ida. La vuelta ya era otro cantar. No había demasiada agua por lo general. Y en verano aún menos. Según llegaba al pozo empezó a ver la cola que ya se había formado. Iba a tardar bastante en llenar las garrafas. El sol empezaba a aparecer y no había dónde resguardarse. Iba a hacer calor.

—¡Shaira! —Imani se acercó corriendo para ponerse a su lado—. Casi no llego. Me he encontrado con un chacal de camino y he tenido que dar un rodeo.

—Hola, Imani.

Imani era su mejor amiga. No conocía a nadie que bailara mejor el *kizomba*. Todos en el pueblo pensaban que tendría un futuro prometedor... si conseguía salir de allí, claro.

—¿Sabías que Hakim y Ola se han marchado? Parece que había sitio para ellos en el barco. Qué suerte tienen algunos. Ni trabajando diez años mi *baye* podría comprar medio billete para una persona.

—Aquí no —respondió Shaira—, pero dicen que al llegar a tierra hay mucho trabajo y en pocos meses puedes cubrir la deuda de lo que hubieras pedido.

—Cuando me toque a mí, iré a una escuela de danza. Seré la mejor bailarina de *kizomba* que exista.

—Ya lo eres —replicó Shaira. Y las dos niñas rieron.

Las doce del mediodía. El sol estaba muy alto y hacía mucho calor. Por suerte, Shaira ya estaba acabando de llenar las garrafas de agua. Esperaría a Imani y volverían juntas.

Fue entonces cuando lo oyó. El sonido por el que su *baye* le había dicho que corriera. El sonido por el que su *baye* le había dicho que se escondiera. Era el sonido de coches todoterreno y disparos al aire.

CAPÍTULO 2

UN DON

A Julia le gustaban los lunes. Y eso que los lunes en la facultad no eran los mejores días. O venía de estudiar todo el fin de semana o de haber estado de fiesta (las menos).

Quizá fuera por Marrón, Amarillo, Púrpura... o por Susana y Silvia... el caso es que sentía una curiosidad muy intensa por conocer los recovecos de la mente. Qué había detrás de ciertas conductas. Hasta qué grado nuestra infancia nos moldeaba. Por qué actuábamos como lo hacíamos en según qué circunstancias. Quizá eso fue lo que le llevó a estudiar psicología. Pero esa curiosidad iba más allá de adquirir conocimiento. El conocimiento por sí solo no sirve de mucho. Hay que ponerlo en práctica. Y ese era su objetivo. Poder utilizar todo ese conocimiento para ayudar a otras personas.

Sus propias vivencias le ayudaban a ponerse en el lugar de los demás e intentar averiguar qué sentían. Podía estudiar mucho sobre Freud, Vygotsky o Maslow pero, para llegar al interior de las personas, hacía falta algo más. Llamémosle don. Ese don que te ayuda a conectar con los demás. Con sus sentimientos. Y hacerlos tuyos. Claro, tenía su parte peligrosa. Podían llegar a afectarte. «Distancia» le habían advertido multitud de veces distintos profesores. «Hay que poner distancia entre los sentimientos de los pacientes y una misma o serás tú quién necesite una sesión». Ya, claro. Pero, ¿cómo iba a ayudar a los demás desde la «distancia»?

Cuando acabó la carrera se centró sobre todo en ayudar a niños y niñas. Eran el futuro. Eran quienes más necesitaban ayuda y, normalmente, quienes menos la pedían. Por lo menos de forma verbal. Ayudó en casos policiales en los que se veía envuelto algún niño, niña o adolescente. Y dedicaba tiempo como voluntaria en ayuda humanitaria.

Eran las 22:37hs cuando Julia recibió una llamada de la ERIES (el Equipo de Respuesta Inmediata en Emergencias).

—Hola, Eva, ¿qué ocurre? —Eva era otra voluntaria que formaba parte del equipo. Julia no sabía cómo se lo montaba, pero parecía que para Eva los días tenían más de veinticuatro horas.

—Ha pasado algo. Necesito que vengas enseguida. Julia, por favor, date prisa.

CAPÍTULO 3

BAYE

A Lethabo no le gustaban los lunes. No le gustaba ningún día. Y no es que fuera un hombre negativo. Es que, sencillamente, estaba cansado.

Recordaba cuando, de pequeño, hacía surcos en la tierra junto a su *maame* para poder plantar mijo, maíz y patata.

Recordaba cuando, ya de adolescente, seguía haciendo lo mismo, pero ahora solo.

Recordaba el día en el que conoció a la que sería su *djabar.* Su querida *djabar:* Johari. Hacía honor a su nombre.

Recordaba el día en el que la perdió.

Por eso tenía poca descendencia. Una niña y dos niños. Estaba dispuesto a hacer cualquier cosa por ellos. Cualquier cosa. Porque eso es lo que hace un buen *baye.*

—Son cuatro mil euros por persona. —Quien hablaba era Baakir, la cabeza visible de la mafia que controlaba esa parte del país.

—Pero, es mucho dinero —respondió Lethabo, arrodillado frente a un animal de dos patas—. No tengo tanto.

—¿Vienes aquí a hacerme perder el tiempo? —Casi escupió Baakir—. Sacad a este perro afuera.

—Puedo pagar al llegar allí —suplicó Lethabo.

—Hagamos una cosa. —La media sonrisa de Baakir, enseñando un diente de oro, no le gustó nada a Lethabo—. Te dejo tres pasajes a mitad de precio. Me pagas lo que tengas aquí y el resto me lo devuelves cuando llegues al otro lado. ¿Cómo lo ves?

—Pero, somos cuatro.

—Ah, no —respondió Baakir—. Te marchas tú con tus dos hijos. A la niña nos la quedamos. Gracias a ella te hago el descuento. —Y soltó una carcajada. La carcajada más horrible que Lethabo había escuchado en su vida.

No era la primera vez que escuchaba ese tipo de oferta. No a él. A otros padres del poblado. La mayoría aceptaban. Era una cuestión de números. Una hija a cambio del resto de la familia. Una pérdida aceptable. Lethabo era consciente del riesgo que corría si se negaba. Pero si accedía, ¿podría mirar a sus otros dos hijos a la cara? ¿Qué pensaría Johari de él? Por otro lado, ¿qué futuro les esperaba allí?

No. Ser un buen *baye* no era fácil. Y mucho menos en un lugar como aquel. Sentía que parte de su alma se desgarraba.

CAPÍTULO 4

EVA

A Eva le gustaban los lunes. Le gustaba la actividad y, los lunes, eran el inicio de la actividad. Aunque no en su caso. No paraba ni los fines de semana. Siempre tenía que estar haciendo algo. Se ganó muchos castigos en la escuela por eso mismo. Hoy le llaman «altas capacidades». En su niñez, «superdotados». Hoy lo llamaban TDAH. En su niñez, niña movida. Eva tenía un poco de las dos cosas. Y un sentido muy elevado de la justicia. De lo que estaba bien y lo que estaba mal. Se ponía enferma cuando veía que otras personas eran maltratadas. Eso le llevaba a, como decía su madre, «estar en todos los *saraos*».

Recuerda un verano en la piscina. Unos niños se metían con otro:

—Eh, negrata, sal del agua que nos la vas a manchar —gritaba el cabecilla del grupo mientras el resto le coreaba.

El muchacho agachó la cabeza y empezó a salir de la piscina.

—Eso, y a ver si te vas a tu país.

Eva, que estaba detrás del cabecilla del grupo, aprovechó para hacerle el pulpo (en su jerga era cogerle por detrás y entrelazar las piernas por delante, dándole un golpe en sus partes y agarrando fuerte). Al ser algo inesperado, el joven cayó hacia adelante y Eva aprovechó para meterle la cabeza bajo el agua.

—¡Repite eso idiota! ¿Dices algo? ¡No te oigo! —El muchacho no podía respirar. El resto del grupo se abalanzó sobre Eva para ayudar a su amigo. Les costó separarles. Para ser una chica enclenque, tenía mucha fuerza.

Cuando les separaron, el cabecilla empezó a gritar:

—¡Pero tú de qué vas, niñata de mierda! ¿Querías matarme o qué?

—Para nada —respondió Eva—. Quería dejarte claro que nadie se mete con mis amigos.

Eva se acercó al niño negro. Hay quien decía que era de color, pero para Eva eso no tenía sentido, el niño era negro y ella era blanca. Todas las pieles tienen un color. Y aunque muchas personas usaban eso para dividir, a Eva la diversidad le parecía muy bonita:

—¿Cómo estás? Me llamo Eva.

—Yo soy Nadir. Gracias.

—No hay de qué. Esos de ahí son unos capullos.

—¡¿Qué has dicho?! —gritó el niño que recibió una paliza de una niña (así se le conocería desde ese día).

—Nada, flor joven, cosas nuestras. —Y el grupito se quedó pensando qué demonios había querido decir Eva.

Podía haber estudiado lo que quisiera. Hubiera sido una buena abogada, incluso jueza. Podría haber sido una empresaria de éxito. Psicoterapeuta, cardióloga... lo que quisiera. Y fue lo que quiso. Muy a pesar de lo que opinaban su padre y su madre. Enfermera. En una ambulancia. La adrenalina de estar en primera línea. De poder salvar una vida cuando tenía que ser salvada.

Este lunes salvaría algunas. No todas.

Recibieron una llamada de la centralita y se pusieron en marcha.

—Eva, arrancamos —gritó Nadir. Su amigo. El único conductor de ambulancias con el que a Eva le encantaba trabajar—. Vamos a la costa este.

«¿A la costa este?», pensó Eva.

Iba a ser un lunes duro. Y largo.

CAPÍTULO 5

MENTIRA

A Shaira le gustaban los lunes. Y ser la única de su familia que opinaba eso le hacía sentir especial. Mayor. Y era la mayor. Tenía que dar ejemplo a sus hermanos Masud y Zaid. Al fin y al cabo, ella se encargaba de la casa mientras *baye* estaba fuera. Que era casi todo el día. Después de traer el agua preparaba la única comida del día. Si había suerte, un poco de *Yassa* (pollo con cebolla y ajo además de mostaza si había más suerte todavía). Si no, un poco de arroz. Y luego recogía todo. Esperaba a su *baye* mientras jugaba con su muñeca hecha con una mazorca de maíz seca. Y se la imaginaba como una preciosa sirena surcando el mar. Una sirena llamada Shaira.

El sonido de los todoterrenos estaba cada vez más cerca. Todas las mujeres empezaron a huir. Shaira corrió con las garrafas llenas, pero eran muy pesadas. Dejó una. Como mínimo necesitaría la otra. Y logró esconderse. Entre una pequeña roca (no mucho mayor que un perro grande) y unos arbustos secos. Imani no tuvo tanta suerte. Cuando los hombres armados llegaron, cogieron a algunas mujeres y las obligaron a subir a los coches. Imani fue una de ellas. Con una mano sobre la boca, Shaira intentaba no hacer ruido mientras las lágrimas resbalaban sobre su cara y le temblaba todo el cuerpo. Y esperó. Esperó a que esos hombres (por llamarlos de alguna manera) se marchasen con su botín. Incluso después de que ya no se escuchara el sonido de ningún automóvil, Shaira seguía acurrucada en el suelo.

Llegó a casa magullada. Con la cara manchada a causa del polvo pegado a sus lágrimas. Masud y Zaid estaban sentados, escuchando a *baye.*

—He traído agua —dijo Shaira.

—Hija, ¿qué ha ocurrido? —preguntó Lethabo al verla.

Shaira se echó a llorar y le contó lo sucedido.

—Tenemos que marcharnos ya. Las cosas se van a complicar más. Ahora les estaba diciendo a tus hermanos lo que vamos a hacer.

—Pero, he traído agua —decía Shaira. Ahora solo pensaba en el agua.

—¿No me has oído, Shaira? Hay que irse. He conseguido billetes para irnos en barco, pero tenemos que salir ya.

—¿Has conseguido billetes para los cuatro? —preguntó Shaira emocionada.

—Sí, hija —mintió Lethabo. Era difícil ser un buen *baye.* Sobre todo en un lugar como aquel.

CAPÍTULO 6

CAPITÁN

A Jawara le daban igual los lunes. Le daba igual cualquier día de la semana. Para él, lo importante era el día de hoy. Mantenerse vivo hoy. Jawara se consideraba buena persona. Una buena persona que hacía cosas malas. Pero, ¿había otra forma de sobrevivir en el mundo que le rodeaba?

Criarse en una *mara* era como criarse en una familia en la que todos eran monstruos. La mayoría de colores muy feos. Pero los monstruos son cuestión de perspectiva. Su familia le rechazó y expulsó del poblado. Por ser diferente. Sus ojos verdes contrastaban con su tez morena. No tan oscura como la del resto. Fruto de ser hijo de un hombre blanco. Uno de los monstruos con los que una vez se encontró su madre. El chamán del pueblo dijo que Jawara era el causante de la mala suerte que les rodeaba y debían abandonarlo. En esa parte del mundo, la palabra del chamán era ley, y no se discutía. Así que Jawara se preguntaba, ¿quiénes eran en realidad los monstruos? ¿Las personas que le acogieron? ¿O las que le abandonaron a su suerte?

Mientras veía a Lethabo pedir por su hija, Jawara pensaba en todas las cosas malas que había hecho. Cosas que hacían que estuviera ahí, al lado de Baakir. Cosas que habían ido minando su humanidad. Eliminando trocitos de su alma. Sabía que no podía cambiar su pasado. Pero en ese momento fue consciente de que su pasado no tenía que dictar su futuro. Que podía tener otro futuro distinto al que él pensaba. Quienes tenían conocimiento de navegación podían subir a un «barco» sin pagar. Aunque mintieran. Nadie corroboraba esa información. Cualquiera podía ser capitán. Jawara podía ser capitán.

Cuando Baakir le ordenó sacar a Lethabo fuera, decidió hablar con ese padre de familia.

***

Nada más parar la ambulancia, Eva salió de un salto con la mochila de emergencia ya preparada con lo necesario: gasas, vendas, crema tópica, esparadrapo... Nadir y Sergio (el tercer compañero de la ambulancia, algo serio pero muy bueno en su trabajo) se encargaban de llevar el desfibrilador portátil y todo lo necesario para una RCP.

Eva era consciente de que sería un lunes largo, pero no esperaba encontrarse con lo que vio.

A lo lejos, veía el resplandor del fuego proveniente de lo que quedaba de la embarcación y del combustible que flotaba en la superficie. La marea arrastraba pedazos de madera y plástico. También cuerpos. Algunos se movían. Otros no. Y no eran pocos los que yacían en la orilla. Tras unos breves segundos en los que pudo hacerse una imagen general de la situación, sus músculos se pusieron en marcha y echó a correr sobre la arena, seguida de sus dos compañeros.

Tropezó con algo que quedó semienterrado en la arena. Una muñeca. Hecha con una mazorca de maíz seca.

CAPÍTULO 7

VASO

A Julia le gustaban los lunes. Y las historias. Sobre todo aquellas de las que luego podías extraer algún tipo de enseñanza. Claro, también disfrutaba de un buen *thriller* o una emocionante novela histórica. Pero aquellos relatos que enseñaban valores, pequeñas historias, narradas muchas veces por personas de experiencia, le resultaban muy útiles. Tanto a nivel personal como profesional. Por eso disfrutó tanto durante aquellas conversaciones de lunes con la señora Stroskova cuando era niña. Por eso disfrutaba tanto hablando con M. Por eso adoraba releer una y otra vez *El Principito*. Y las clases de Pablo. Uno de sus profesores en la facultad. Una enciclopedia de historias y ejemplos.

Recuerda su primera clase. Pablo llenó un vaso de agua por la mitad. Extendió el brazo y preguntó:

—¿Cuánto pesa este vaso?

—Doscientos veinte gramos —contestó una alumna.

—Doscientos cuarenta gramos —respondió otro.

Julia pensaba que había trampa. No tenía sentido esa pregunta si la tomabas de forma literal. Levantó la mano.

—¿Depende del tiempo que lo sostenga? —preguntó indecisa.

—Muy bien, Julia. —«Muy bien, Julia» se burló alguien por detrás, seguido de unas risitas—. Si sostengo este vaso con el brazo estirado durante un minuto, prácticamente no notaré su peso. Si lo sostengo durante una hora, empezaré a notar cómo el brazo se entumece y resultará difícil mantenerlo estirado. Si lo hago durante todo un día, ese entumecimiento recorrerá todo mi cuerpo y seré incapaz de actuar.

»Habéis escogido una especialidad compleja. Una que en muchas ocasiones hará que os preguntéis si lo estáis haciendo bien. Si estáis a la altura. Vais a cometer errores, y esos errores afectarán a otras personas. Cuando eso ocurra, no sujetéis el vaso durante mucho tiempo. Os asaltarán pensamientos negativos. No paséis mucho tiempo ahí o seréis incapaces de reaccionar. Recordad que no podréis ayudar a todo el mundo. Aprended del error, dejad el vaso y hacedlo mejor la próxima vez.

Julia no olvidó aquella clase. Aunque reconoce que en ocasiones sujetó el vaso más de lo que debía.

Aparcó frente al CIES y se dirigió a la entrada. Aún no entendía cómo se utilizaban estos centros penitenciarios para estas situaciones. Una ambulancia estaba aparcada fuera. Eva la esperaba apoyada en la parte trasera.

Se dieron un rápido abrazo y Eva la puso al día.

—Perdona por las horas, pero esto nos sobrepasa y toda ayuda es poca. Necesitamos tus dotes de comunicación. Ha naufragado una patera en la costa. Una grande. Hay muchos muertos. La mayoría de personas eran hombres y mujeres adultos. Hemos encontrado a dos chicos. Al parecer iban solos, pero no conseguimos que hablen. Están muy asustados y no quieren separarse. Diría que son familia.

—¿Dónde están ahora?

—Dentro, en una de las celdas, esperando.

—Maldita sea, son críos y les tratan como a criminales.

A Julia se le partió el corazón al ver a los niños. No tendrían más de doce o trece años. Les habían curado y vendado las heridas, sobre todo las quemaduras causadas por el combustible de la patera. Les acercó un par de batidos de chocolate que cogieron con reticencia.

—Hola —dijo Julia sonriendo. Al no recibir respuesta, repitió—. *Bonsoir.* —Ahora sí hubo reacción—. *Jem'apelle Julia. Commentvous-appelezvous?*

—Masud —dijo el mayor.

—Zaid —le siguió el menor.

—¿Habéis venido solos? —Ambos niños movieron la cabeza—. ¿Quién os acompañaba? —Silencio. Julia sacó un elefante de peluche de su bolso y se lo tendió al más pequeño—. Mira, un elefante. Son muy fuertes, pero a veces necesitan ayuda. Cuando un grupo de leonas atacan a los más pequeños, la manada los rodea para protegerlos. Son como un muro que las leonas no pueden atravesar. Yo soy una de las elefantas más fuertes. —Los niños rieron cuando Julia hizo pose de culturista. Eso era bueno—. Puedo ayudaros, pero necesito que habléis conmigo.

Y los niños hablaron con ella. Lo que le dijeron hizo que Julia saliera corriendo para hablar con Eva. No podían perder tiempo.

CAPÍTULO 8

LA HUIDA

A Shaira le gustaban los lunes. Y el lunes de la huida sería uno que no iba a olvidar.

—¿Has conseguido billetes para los cuatro? —preguntó Shaira emocionada.

—Sí, hija —mintió Lethabo. Era difícil ser un buen *baye*. Sobre todo en un lugar como aquel—. Coged cada uno una bolsa y meted algo de comida. Yo llevaré el agua. Gracias por traerla, Shaira.

—¿Me puedo llevar mi muñeca?

—No, hija. No podemos llevar nada innecesario. Tenemos que irnos ya.

Shaira desobedeció y se guardó su sirena hecha con una mazorca de maíz seca.

Y empezaron a andar. «Todo gran viaje empieza con el primer paso», decían, pero este viaje no iba a ser agradable. Anduvieron toda la noche, parando solo lo necesario para que los niños descansaran un poco. Lethabo estaba preocupado. ¿Conocería Baakir sus intenciones? ¿Era Jawara de fiar? En la situación actual no le quedaba más remedio que confiar. Y seguir andando.

Un día, otro y otro más. Aprovechaban para rellenar el agua cuando veían algún pozo, pero eso ocurría pocas veces, así que pasaban sed. Lethabo intentaba racionar el agua y la comida. Si por él fuera, dejaría de comer y beber para dárselo a sus hijos, pero era consciente de que dependían de él para llegar a su destino. Y tenía que mantenerse fuerte.

De vez en cuando escuchaban el sonido de los coches que se acercaban. Entonces se escondían, para pasar desapercibidos.

En uno de esos momentos, Zaid empezó a llorar. Muy fuerte. Desconsolado. Mucha era la tensión acumulada y el cansancio para él. Shaira buscó en su bolsa y sacó la muñeca.

—Toma, Zaid. Esto te protegerá.

—¿Cómo va a protegerme una sirena? —dijo entre sollozos.

—No es solo una sirena —argumentó Shaira—. Para mí es una sirena, pero puede ser cualquier cosa que imagines.

Zaid la cogió y se calmó. Jamás se separaría de esa muñeca.

Cuatro días tardaron en llegar a su destino. Durante los últimos kilómetros, Lethabo cargaba con Zaid en brazos. Estaban cansados y hambrientos. Tuvieron suerte. Otras personas tardan meses en llegar. Y mucho tiempo más esperando a que llegue su «barco». Buscó a Jawara, convencido de que no iba a estar. De que en su lugar, encontraría a Baakir, con su diente de oro y su asquerosa risa. Pero no fue así. Jawara les estaba esperando.

—Pensaba que no llegaríais —dijo dirigiéndose a Lethabo—. Habéis tenido mucha suerte, esta noche llega un «barco». Subiremos a él y yo me encargaré de manejarlo. ¿Habéis traído los billetes para todos?

—Sí —volvió a mentir Lethabo.

—¿Qué tienes en el cuello? —preguntó Masud a Jawara por su tatuaje.

—Es un símbolo Adinkra. Este en concreto se llama AYA. Significa *helecho*. Representa a alguien que ha pasado por muchas adversidades y las ha superado con éxito.

—Cuando estemos a salvo me pintaré uno igual —dijo Masud con convicción. Jawara no pudo esconder una sonrisa.

Llegó la noche. Y el «barco». No era lo que Shaira se había imaginado. Pequeña y alargada, la patera de madera flotaba con varios bidones de plástico a los lados. Un motor en la parte trasera junto al timón era lo que la impulsaba. Muy ruidoso. Varios hombres se acercaron con garrafas de combustible para cargarlas. Había mucha gente. ¿Todas esas personas tenían billete? ¿Cabrían todas? La gente se apelotonaba. Shaira se pegaba todo lo que podía a su *baye* y no soltaba de la mano a su hermano pequeño. Unos hombres armados estaban a la entrada de la embarcación revisando los billetes.

Cuando les tocó a ellos, Lethabo entregó sus tres billetes.

—Falta uno, sois cuatro —dijo el hombre armado.

—Se me ha perdido uno —mintió Lethabo—. Por favor, déjeme subir junto a mis hijos.

—Tres billetes, tres personas.

—Por favor, solo es una persona más... —Un golpe con el fusil en el estómago hizo callar a Lethabo.

—Tres billetes, tres personas —repitió el hombre a la entrada.

Lethabo nunca tuvo la esperanza de llegar a subir al barco. Pero siempre quedaba un quizás. Y se dirigió a sus tres hijos para decirles aquello que había estado pensando tanto tiempo. Desde el momento en que decidió que no vendería a su hija. Desde el momento en que fue consciente de que, posiblemente, no les volvería a ver. Quedarse en tierra en lugar de Shaira le costaría muy caro. Porque Baakir le encontraría. Y cuando alguien traiciona a Baakir...

—Shaira, Masud, Zaid. Escuchadme bien. No puedo ir con vosotros. No hay sitio para todos.

—¿Cómo que no hay sitio para todos? Tenías cuatro billetes. ¡Tienen que dejarnos subir! —le gritaba Shaira a su *baye* sin poder contener las lágrimas—. ¡Si tú no vas yo tampoco! —Masud y Zaid empezaron a llorar también, abrazándose a su *baye*.

—Escucha, Shaira. Escuchadme. Aquí las cosas se van a poner muy mal. Peor de lo que ya están. Solo pueden pasaros cosas malas. Si subís a ese «barco», tendréis un futuro. Shaira, ¿recuerdas lo que te conté de la grulla?

—Sí. Lo del elefante. —La niña miraba a su *baye*.

—Eso es. Cuando un elefante va a pasar por donde la grulla tiene el nido, ella se pone delante y mueve sus alas para ahuyentarlo. Es evidente que no tiene nada que hacer, pero eso no hace que se acobarde. Porque lo primero es proteger el nido. Y consigue que el elefante cambie de rumbo. Shaira, nos toca ser grullas. Yo me tengo que quedar. Y tú tienes que cuidar de tus hermanos. Sé que es mucho pedir. Y lo siento por eso. Pero toca ser valientes. ¿Lo serás por mí? ¿Lo seréis los tres?

—Sí, *baye* —respondió Shaira abrazándolo muy fuerte—. Lo seremos.

Lethabo abrazó a sus tres hijos, intentando recordar ese momento. El contacto con su piel, su olor, sus voces... era consciente de que no les volvería a ver. Y deseó no estar equivocado. Intentó convencerse de que les estaba salvando. De que iban a tener un futuro.

—Jawara, por favor, quédate cerca de ellos.

—Aunque sea lo último que haga, yo les protejo —dijo Jawara convencido. Había convertido a esos niños en su redención.

Y se montaron en el barco. Apiñados. Una niña y dos niños rodeados de personas adultas. Zaid apretaba con fuerza la muñeca hecha con una mazorca de maíz. Masud sujetaba la mano de su hermana mayor. Shaira veía cómo la embarcación se alejaba de la costa. Lethabo lloraba, con el corazón destrozado, esperando haber sido un buen *baye.*

CAPÍTULO 9

EL «BARCO»

A Shaira le gustaban los lunes. Muchas veces, después de comer, Lethabo se sentaba junto a Shaira, Masud y Zaid, contando historias. Algunas inventadas por él. Otras heredadas. Creando recuerdos.

La patera avanzaba sin pausa. El olor a sudor se mezclaba con el salitre del mar y los orines. Hacía frío. Y la humedad no ayudaba a calmarlo. Zaid temblaba agarrado a su muñeca y acurrucado, como podía, al lado de Shaira, que le abrazaba. Masud se mantenía cerca de Jawara, que estaba concentrado en no perder el rumbo.

—¿Cuánto tardaremos en llegar? —preguntó Masud a Jawara con los labios morados.

—Llevamos unas cinco horas. En breve saldrá el sol. Si todo va bien, no más de un día.

Jawara fue muy optimista. No contó con tener la marea en contra. No contó con las paradas para rellenar el combustible y lo que le costaría volver a arrancar. No contó con que el trayecto pudiera estar equivocado. No. Jawara no contó con muchas cosas. Y ¿quién le puede culpar? No era más que un chico de pueblo que había tomado malas decisiones.

Al anochecer del tercer día, Jawara vio luces a lo lejos. Porque eran luces, ¿verdad? Sí, eso parecía. Le dio un vuelco el corazón y empezó a despertar a la gente para avisarles de que estaban llegando. Emocionado. No todos despertaron. Shaira, Masud y Zaid estaban abrazados a su lado. Temblaban de frío y era evidente que tenían hambre, pero por lo demás estaban bien. Jawara empezaba a respirar tranquilo. No les quedaba más combustible que el del motor y no recordaba cuándo había sido la última vez que lo había rellenado.

Pero hay algo con lo que Jawara tampoco contó: la desesperación de los tripulantes. Según avistaron las luces, muchos de ellos empezaron a saltar del barco, sin pensar, haciendo que este empezara a balancearse peligrosamente. Algunas personas se tiraron, otras cayeron o fueron empujadas. Estas últimas intentaban subir de nuevo al barco. Algunas les ayudaban, otras intentaban mantenerse en el interior de la embarcación. Y entonces ocurrió. La patera dio media vuelta y todas las personas cayeron al mar. El motor se dañó, derramando el combustible que le quedaba sobre la superficie del mar. La reacción del combustible con el agua salada generaba quemaduras graves si entraba en contacto con la piel.

Jawara sacó la cabeza del agua. No sabía nadar, apenas mantenerse a flote, pero lo primero que hizo fue buscar a los niños con la mirada. Aquello era un caos. Muchas personas intentaban mantenerse a flote o subir a la embarcación dada la vuelta. Los bidones de plástico empezaron a desprenderse. En ese momento, la patera empezó a arder. Desde la popa, donde se encontraba el motor, hasta la proa. Intentando no tragar el agua contaminada, Jawara gritaba: «MASUD... ZAID... SHAIRA».

—JAWARA —gritó alguien a su espalda. Era Masud.

Jawara se acercó y, como pudo, le subió a uno de los bidones que estaban flotando.

—Zaid estaba conmigo, pero no le encuentro —decía Masud llorando.

—Tranquilo, le encontraré. Y a tu hermana también.

Jawara seguía manteniéndose a flote. Como podía. Casi sin fuerzas. Y entonces vio al pequeño Zaid. Sujetando su muñeca e intentando no soltarse de un trozo de madera. Gritaba «Shaira, Shaira, Shaira». Logró llegar hasta el niño y llevarlo hasta su hermano. Dos niños encima de un bidón. Jawara no aguantaba más. Intentó aferrarse a algo. Lo que fuera. Pero ya no tenía fuerzas. No había encontrado a la niña. Se maldecía por no haber cumplido su promesa al completo. Había estado tan cerca... Y Jawara se hundió. Pensó en cómo hubiera sido su vida de haber llegado a la orilla. Pensó en lo que había hecho para llegar hasta allí. Y esperó que sus últimos actos le hubieran otorgado la redención. Para, si había otra vida, ser digno de estar allí.

CAPÍTULO 10

SIRENA

A Julia le gustaban los lunes. A Eva le gustaban los lunes. A Shaira le gustaban los lunes. Conexiones invisibles.

Eva se montó rápido en la ambulancia. Julia subió a su lado. Si lo que Julia le había dicho era cierto, no podían perder tiempo. Nadir arrancó. Sergio se quedó en tierra.

***

Shaira veía cómo la gente saltaba de la embarcación. En segundos aquello se volvió una locura. Todo se movía. En uno de esos zarandeos, la mano que sujetaba a Zaid se le resbaló. El pequeño cayó hacia adelante y ella hacia atrás. Solo que Zaid cayó dentro de la embarcación y ella fuera, al agua. En el momento en el que Shaira sacó la cabeza para tomar aire vio cómo la patera se volcaba. Unas pequeñas olas la empujaron hacia atrás. Intentó rodear la embarcación para buscar a sus hermanos, pero no sabía nadar y no llevaba chaleco salvavidas. Casi nadie lo llevaba. Eran muy caros. Algo pasó a su lado e intentó sujetarse para mantenerse a flote. Gritó y lo soltó al darse cuenta de que era el cuerpo de un hombre joven. Flotando boca abajo. Shaira empezó a hundirse. Braceaba lo que podía, pero no era suficiente. Todo pesaba tanto...

***

Nadir paró la ambulancia en seco y los tres bajaron a toda prisa. Corrieron hacia el lugar que los niños le habían indicado. ¿De verdad que nadie había mirado allí?

***

Shaira se hundía. Empezó a quedarse sin aire y, de repente, podía respirar bajo el agua. ¿Era eso posible? Parecía que sí. Una bancada de peces empezó a rodearla. Parecía que bailaban al compás de una canción que Shaira conocía muy bien. Una que le cantaba su *baye* cuando era pequeña:

Olelé! ¡Olelé! Molibamakasi.
Luka! Luka!
Mboka na yé, mbokamboka Kasai.
Eeo, eeeeo, Benguelaaya!
Oyaoya
Yakara a.
Konguidja a.
Oyaoya

Miró hacia abajo y se sorprendió al ver que sus piernas se habían convertido en una gran aleta multicolor. ¡Claro! Por eso podía respirar bajo el agua. ¡Era una sirena! En ese momento desaparecieron todos sus temores. Sus hermanos estaban bien. Shaira sabía que estaban bien. Y empezó a nadar hacia el fondo, donde los corales brillaban y los animales marinos bailaban.

***

Masud, el mayor, hablaba con Julia.

—No veníamos solos. Jawara nos salvó, pero no vimos a Shaira en el agua.

—¿Quién es Shaira? ¿Vuestra mamá?

—No, nuestra hermana mayor. Solo tiene un año más que yo —respondió Masud. ¿Solo un año más? Era solo una niña y Eva le dijo que, excepto Masud y Zaid, todas las personas que encontraron en la playa eran adultas.

—Escucha, Masud, ¿viste algo que nos pueda ayudar a encontrar a tu hermana?

—Sí, creo que la vi en la orilla, entre las rocas del fondo. Intenté decírselo al señor que me recogió en la orilla, pero no me entendía.

La cabeza de Julia empezó a ir a mil por hora. Al fondo, en las rocas... Eva le dijo que no había más niñas... Era de noche, el caos de la llegada... ¿Era posible que no la hubieran visto? De ser así, ¿llegarían a tiempo? Julia les dio las gracias y salió en busca de Eva. Nunca había corrido tanto.

Eva conocía bien el lugar y, al bajar de la ambulancia, fue directa hacia la zona rocosa que Julia le había indicado. Las rocas se metían en el mar, para luego volver creando una pequeña cala. Muy pequeña, con un poco de arena. Si no mirabas desde la perspectiva adecuada, era muy difícil ver ese pequeño espacio. Eva se metió en el agua para dar la vuelta a las rocas. Esperaba que los niños no se hubieran equivocado y estuvieran buscando donde no era.

***

Shaira nadaba hacia el fondo, cantando *Olelé! ¡Olelé! Molibamakasi.* Tenía mucho sueño. ¿Las sirenas dormían? Ella quería seguir nadando. Pero era mejor descansar un poco. Una tortuga marina de color morado resplandeciente pasó a su lado. Era muy grande. Shaira la abrazó y se tumbó sobre su caparazón. Cerró los ojos y se dejó llevar.

EPÍLOGO

DOS AÑOS DESPUÉS

Julia se acercó al centro, como cada primer viernes del mes, a ver cómo estaban los chavales.

—*Bonjour*, Julia.

—No, no, Masud. En español.

—Buenos días, Julia.

—¡Muy bien, Masud! Aprendes súper rápido. ¿Qué es eso que tienes en el cuello? ¿Te has hecho un tatuaje?

—Sí. Es un símbolo. Significa «helecho».

—Qué bonito. El helecho es una planta muy fuerte. ¿Y ya te han dejado salir para hacerte eso?

—Le prometí a Jawara que me lo haría. Y yo cumplo mis promesas.

Julia se dirigió al interior saludando con la mano a Zaid, que jugaba al fútbol con otros chicos en el patio. Cuánta suerte habían tenido. No siempre se puede encontrar un sitio en el que alojar a los más jóvenes. Intentaron buscar a su padre, Lethabo, sin éxito. Así que sin parientes conocidos, ¿qué otra cosa podían hacer? Se acercó a la habitación cuarenta y tres. Sentada frente a la ventana, en su silla de ruedas, estaba Shaira. Cuando Eva la encontró en aquella cala junto a un trozo de madera de color morado (primer milagro), llevaba mucho tiempo sin respirar. Es lo que llamaban hipoxia cerebral. Que Eva consiguiera que su corazón volviera a latir fue un milagro (el segundo). Shaira pasó tres meses en coma. Al despertar (tercer milagro) no podía mover las piernas.

—Hola, Shaira, ¿cómo estamos hoy?

—Bien, ya he terminado las clases de ciencias y lengua. La maestra dice que lo hago muy bien.

—Es que eres muy lista. ¿Te leíste el libro que te traje?

—Sí, dos veces. Me ha gustado mucho. ¿Me lo puedo quedar?

—Claro, es para ti. Me gustaría leerte una frase. —Julia cogió el libro que hablaba de un joven príncipe que viajaba de planeta en planeta y buscó la página que quería—. Mira, es aquí. ¿La quieres leer tú?

—Vale. —Shaira cogió el libro y leyó donde Julia le indicaba—. «Tendré que soportar dos o tres orugas si quiero conocer a las mariposas». ¿Qué quiere decir?

—Pues que a veces tenemos que enfrentar distintos problemas, luchar contra nuestros errores o sentimientos (las orugas), pero si perseveramos, veremos los resultados (la mariposa). Y para que no lo olvides, te he traído esto. —Julia sacó un coletero con una mariposa verde y roja—. Es muy parecido a uno que tengo yo y que me recuerda eso constantemente. Tú eres fuerte, Shaira.

Se dieron un abrazo y Julia se marchó. Su trabajo era complicado y no siempre las cosas salían bien. Pocos tenían la suerte de Shaira, Masud y Zaid. Algunos acababan presas de las mafias. Obligados a hacer cualquier cosa que les pidieran. Pero cuando sí ocurría, cuando conseguían ayudar, eso compensaba con creces. Le hacía sentir bien. Y le daba fuerzas para continuar. Sabía que los chicos y chicas del centro no lo iban a tener fácil. En el mundo en el que vivimos, muchas personas «odian a todas las rosas solo porque una les ha pinchado». Tendrían que vivir con ello. Sin embargo, como le dijo una vez la señora Stroskova, «no podemos controlar lo que hagan los demás, pero sí cómo reaccionamos ante eso». Y ese era el objetivo de Julia. Ayudarles a entenderlo. Y que puedan ser felices a pesar de las circunstancias.

El autor recomienda escuchar tras la lectura:

OLÈLÈ MOLIBA MAKASI
SANDRO JOYEUX

PAPELES MOJADOS
CHAMBAO

La niña a la que
le gustaban los lunes

VOL. 6

El niño razona y entiende del mismo modo que un adulto:
tan solo carece de su bagaje de experiencias.

Janusz Korzack.

CAPÍTULO 1

MILENKA

A Milenka le gustaban los lunes. Normalmente los dedicaba a ir con su padre a recoger leña para la semana y vigilar a las cabras. Era un trabajo duro pero reconfortante. Hacían varios viajes a su *isbá* (casa hecha con madera, de una habitación y un solo piso) para guardar la leña y alimentar al *domovói,* el espíritu del fuego que vivía en el horno. Milenka sabía que eso no era posible, pero era una tradición que venía de lejos. Su *babushka* siempre decía que había que tener cuidado con lo que se decía frente al horno, que se le debía un respeto. Milenka no contradecía a las costumbres familiares, pero lo que a ella le importaba es que la casa estaba calentita y que, cuando hacía mucho frío, podía tumbarse junto a su padre y a su madre sobre la estructura del horno.

Vida rural. Vida tranquila. Vida feliz, con la familia. Vida que se vería truncada por los cambios políticos en el país.

Quién le iba a decir a Milenka que en dos semanas estaría corriendo por la noche junto a otra niña. Huyendo para coger un tren. Un tren que, si lo cogían, las llevaría lejos, quizás a la libertad.

CAPÍTULO 2

MONSTRUOS DE ORFANATO

A Milenka le gustaban los lunes. Quizá porque fue un lunes cuando nació. Su madre decía que fue un proceso duro y largo. Pero que todo se le olvidó cuando la tuvo entre sus brazos. Al vivir tan apartados, fue su padre quien se encargó de atender en el parto. Tuvieron mucha suerte. Muchas mujeres morían durante ese proceso. Y no pocos bebés. Y también fue su padre quien le puso nombre. Milenka, «mi pequeña».

Aunque lo normal es que los hijos sobrevivan a sus padres, lo que no es normal es que suceda tan pronto.

Milenka miraba el imponente edificio que tenía enfrente. Un edifico gris, como el día, y carente de gracia. Se suponía que ahí les iban a cuidar. Les enseñarían. Aprenderían cosas importantes entre aquellas sucias paredes. Se suponían muchas cosas. No era la única niña que esperaba en el patio de entrada. Al menos otra docena de niños y niñas estaban allí, de pie. Como ella, sucios, con poca ropa y descalzos. En la entrada, dispuestos de forma casi militar, estaban los monstruos que se encargarían de ellos. Darles de comer, cuidarles, enseñarles... suposiciones.

El primer monstruo se adelantó. Grande y negro. Con una llave y un silbato colgados del cuello.

—Hola y bienvenidos a vuestro hogar. A partir de ahora haréis todo lo que se os diga. Cuándo y cómo se os diga. No se tolerarán las malas conductas. Ni las malas respuestas. Ni nada que nos parezca inapropiado. Tú —dijo dirigiéndose a la niña que estaba al lado de Milenka—. ¿Cómo te llamas?

—Valeria —respondió la niña. No tendría más de ocho o nueve años.

—Ahora te llamarás Trece. Acércate. —La niña se acercó, reticente. Negro metió los dedos en un recipiente con hollín y escribió «Trece» en la frente de la niña—. Pasa dentro. Te darán la ropa que llevarás a partir de ahora.

Así, cada niño y niña fue marcado con su nuevo «nombre». Milenka fue el veintitrés.

Una vez en el interior, los demás monstruos se presentaron.

Negro parecía que era la que mandaba allí. Naranja, la cocinera. Azul, el vigilante, quien les despertaba por las mañanas y era dueño de las llaves de todas las habitaciones del edificio. Verde y Janusz, los profesores. Janusz era bueno. Milenka podía sentirlo. Todos, excepto Janusz, vivían allí dentro. Quizá eso les hacía ser más irascibles.

Milenka, junto a sus otros compañeros y compañeras de desgracia, se internaron en el edificio. No eran los únicos. Otros doce niños ya estaban allí. «Los niños de la calle» les llamaban. Milenka nunca se había sentido tan sola.

CAPÍTULO 3

YAROS

A Yaroslav le gustaban los lunes. Le gustaban todos los días de la semana. Cada uno tenía su momento y en cada uno había cosas que hacer.

Le gustaba especialmente compartir tiempo con Milenka. Enseñarle cómo funcionaba el mundo. Por lo menos el pequeño y solitario mundo en el que vivían. Tradiciones que pasaban de generación en generación. Trabajo duro junto a la familia.

Pero, por mucho que se esforzara, sabía que las cosas a su alrededor no funcionaban bien. De vez en cuando le venían noticias de la ciudad. La Gran Guerra estaba causando estragos y en Petrogrado se estaba preparando una huelga. La gente pasaba hambre. No quería dejar a su esposa e hija solas, pero necesitaba apoyar a sus compatriotas. ¿Cómo si no conseguirían un cambio? Las decisiones del zar no habían ayudado a su pueblo. Y era cuestión de tiempo que esos problemas llegaran al pequeño hogar que había creado. Debía ir. Estaba convencido de que volvería. Era una huelga para pedir justicia. No tenía por qué haber violencia. Qué equivocado estaba.

—Pero, ¿por qué te tienes que ir? —preguntó Milenka entre lágrimas.

—Ya te lo he dicho, es mi deber moral.

—Y ¿nosotras? ¿No somos también tu deber?

A Yaroslav nunca dejaba de sorprenderle la capacidad de su pequeña para razonar.

—Claro que sí, hija, y por eso lo hago.

—No lo entiendo. Tienes que estar con nosotras —casi gritaba Milenka—. Aquí somos felices. Juntos somos felices.

—Verás, hija. —Y entonces le dijo algo que nunca olvidaría—. La felicidad a toda costa no es más que egoísmo disfrazado. Si de verdad quieres ser feliz, debes hacer cosas buenas por las demás personas. Aunque a veces eso conlleve algo de sacrificio.

—¡Entonces quiero ser egoísta! —respondió Milenka mientras salía de la casa.

Fue la última conversación que tuvieron padre e hija. Durante la huelga, la cosa se complicaría. La huelga se convirtió en revolución. Sí, hubo violencia y sí, hubo muertos. Yaroslav no regresó. La madre de Milenka estaba delicada de salud y no pudo soportar la noticia de la muerte de su esposo. Su querido Yaros. Así le llamaban las personas que mejor le conocían.

Y Milenka maldijo a su padre entre dientes. Lo que Yaros veía como un acto de ayuda, incluso bondad, Milenka lo vio como un acto de egoísmo. Su padre no pensó en las consecuencias de sus actos, no analizó todas las posibilidades. Fue demasiado confiado. Y no solo él sufrió esas consecuencias.

El futuro no auguraba nada bueno. Eso pensó Milenka.

CAPÍTULO 4

DOMOVÓI

A Milenka le gustaban los lunes. Tenía muy buenos recuerdos de los lunes. También alguno malo.

Milenka se despertó en medio de la noche. Hacía frío. Dormía en la parte baja de una litera. El colchón relleno de paja era muchas cosas, pero no cómodo. Puso los pies descalzos sobre el frío suelo y se acercó a la puerta. Azul había cerrado con llave pero, ¿por qué estaba abierta? Milenka cruzó el umbral y se adentró en el oscuro pasillo. Mientras avanzaba, algo se movió sobre su cabeza. Una sombra sin forma le seguía. A través de una puerta a su derecha pudo ver a Naranja frotando dos cuchillos entre sí. Algo había sobre la mesa, pero Milenka no lo veía bien. ¿Era sangre lo que goteaba sobre el suelo? Naranja levantó la mirada y la vio. La puerta de cerró de golpe. Siguió avanzando hasta la siguiente puerta. El resplandor del fuego en un horno iluminaba la estancia. Milenka entró. La sombra sin forma sobre su cabeza hizo lo mismo. Según se acercaba al fuego, fue consciente de la sombra que le cercaba. Esa sombra se metió entre las llamas y se convirtió en una cara monstruosa que se la quedó mirando.

—Hola, Milenka, ¿qué haces aquí? —preguntó el monstruo ígneo.

—¿Quién eres? ¿Cómo sabes mi nombre? —preguntó la niña, con menos temor del que esperaba.

—¿Por qué haces preguntas cuya respuesta ya conoces?

—El *domovói* —musitó Milenka en voz baja.

—Así es, pero no has respondido a mi pregunta, ¿qué haces aquí?

—Mi papá y mi mamá ya no están. Me he quedado sola. Ahora este es mi hogar.

—De eso nada, pequeña. No estás sola. Te he seguido hasta aquí. Y este no es tu hogar. Debes huir.

—¿Qué?

—Huye, Milenka, HUYE. Recuerda: cuándo aúllan los lobos. —Y el *domovói* desapareció.

Alguien la zarandeó.

—Veintitrés. Veintitrés. Milenka, despierta, Azul ya llega. —Era Valeria. Aún le quedaban restos de hollín en la frente donde Negro escribió «Trece». Ahora ese número lo tenía bordado en la ropa.

Milenka se despertó, aún aturdida por el sueño que acababa de tener.

Azul abrió la puerta y miró fijamente a los veinticinco niños y niñas que había en la habitación. Llevaba una fina vara de madera en las manos.

—Siete, ven aquí. —Un niño delgado, rubio y bajito, con una expresión de eterna tristeza en la cara se acercó—. Dile a los nuevos cómo se dan los buenos días.

—El Zar nos cuida... —dijo en voz baja.

—¡Más alto! —gritó Azul mientras le daba un azote en la espalda con la vara.

—¡El Zar nos cuida! ¡El Zar nos quiere! ¡El Zar nos protege y nos alimenta!

—Ahora el resto, que se os oiga bien.

—¡EL ZAR NOS CUIDA! ¡EL ZAR NOS QUIERE! ¡EL ZAR NOS PROTEGE Y NOS ALIMENTA! —Milenka se unió a los «Buenos días».

—Muy bien —dijo Azul mientras sonreía. Las sonrisas de monstruo no son sonrisas normales—. Haced vuestras camas y al comedor. Quien no llegue a tiempo se queda sin desayunar. Y de paso, también sin comer. ¡Vamos!

El desayuno eran gachas hechas con harina, pero no parecía que se hubieran hecho hoy. La textura era desagradable. Estaban frías. Y eran escasas. Sentada junto a Siete, Milenka le preguntó:

—Hola, ¿cómo te llamas? —Siete se puso tenso.

—No se puede hablar durante el desayuno —susurró—, pero mi nombre es Sergei. Aquí no nos dejan usar nuestro nombre real. Así que mejor llámame Siete o te meterás en problemas.

—¿Quién es ese chico de la esquina? —Era el único que estaba solo. Moreno, alto y con la cabeza gacha. Mirando hacia el plato, no comía nada.

—Ese es Uno —respondió Sergei—. Fue el primero en llegar, junto a Dos y Tres.

—¿Por qué está ahí apartado?

—Acaba de salir del agujero. Ha estado tres días.

—¿El agujero?

Naranja entró en el comedor.

—¡Se acabó el tiempo!

—Hay que ponerse de pie y dejarlo todo —le susurró Sergei a Milenka.

Milenka hizo lo que le mandaron. La cosa no pintaba bien. Y se iba a poner peor. En ese momento tuvo la certeza de que no iba a seguir allí. Aquel no sería su hogar. Como el *domovói* le había dicho en su sueño, tenía que huir.

CAPÍTULO 5

UNO

A los niños de la calle les gustaban los lunes. Se iniciaba la actividad en la ciudad desde muy temprano. Durante el amanecer era más fácil conseguir comida. No necesitaban mucho más. Si conseguían la suficiente, podrían descansar a la noche con la barriga llena. Cosa que no ocurría a menudo.

La Gran Guerra se había llevado a muchos padres. Las madres hacían lo que podían. La falta de trabajo y de alimentos hacía que cada vez más niños y niñas se vieran sin hogar y tuviesen que buscarse la vida. No les quedaba más remedio que robar. Cosas básicas. Un poco de pan, col, zanahorias, algo de leche...

Sergei llevaba dos años en la calle. Se sabía de memoria cuándo abrían las tiendas, cuándo llegaba la mercancía, cuál era el mejor momento de actuar... Solo le habían pillado una vez. La paliza que recibió le hizo ser más cuidadoso. Aun y así no tenía miedo de morir. Dudaba que allá donde fuera su situación empeorase. Conocer a Lev y a Pavel fue un alivio. Se compenetraban bien. Cada uno sabía dónde estaba el otro. En todo momento. Sabían quién haría de señuelo, quién el que robaría y quién debía vigilar. El problema es que era un barrio pequeño y la gente también empezó a conocerlos. Y claro, al final, les atraparon. Pero esta vez fue diferente. Después de la paliza de rigor, no lo metieron en una celda ni le devolvieron a la calle. Le llevaron a un lugar desconocido en medio del bosque. Un edificio gris enorme. Los dos miembros de la Cheká (policía rusa) empujaron a Sergei hacia el suelo del patio de entrada. Otros seis niños estaban ya allí. Lev y Pavel se encontraban entre ellos.

—Tú, el alto, avanza hacia la entrada —le dijo uno de los policías a Sergei.

«Que nadie, jamás, te diga lo que tienes que hacer o en qué tienes que creer. No te doblegues. Que no te dobleguen». Las palabras de su padre resonaban en la cabeza de Sergei. No se movió de donde estaba. El golpe del fusil desde atrás le hizo caer hacia adelante. Antes de recibir el segundo golpe, Sergei se giró y, apartando el fusil, le dio un puñetazo al policía, justo bajo el mentón. El segundo miembro de la Cheká avanzó y le golpeó en la cabeza. Entre los dos le empezaron a dar patadas mientras Sergei, tumbado en el suelo, intentaba protegerse, sin demasiado éxito. Cuando los policías se dieron por satisfechos, lo agarraron de los sobacos y lo acercaron a la puerta, arrastrando los pies. Negro, sonriendo, metió los dedos en el recipiente con hollín y marcó en la frente de Sergei: Uno. Lev y Pavel fueron Dos y Tres.

Los días siguientes Uno observó. El terreno alrededor del edificio que terminaba en un muro, con una gran verja en la entrada, siempre cerrada. Excepto cuando, alguna noche, traían alimentos y material. O nuevos miembros para llenar las habitaciones. Se fijó en los horarios, actividades, tendencias de los monstruos que dirigían aquel edificio. Y tensó la cuerda muchas veces. Así conoció el agujero. Un lugar húmedo, oscuro y frío. Pequeño. Nauseabundo. La última vez que lo visitó fue tras contradecir a Verde en una de sus clases y hacer un chiste sobre el zar. En sus visitas al agujero pasaba por sitios desconocidos para el resto. Y fue haciendo un mapa mental de esa zona.

Al salir por última vez del agujero, vio a los nuevos. La pequeña niña rubia sentada al lado de Siete le llamó la atención. Se notaba que no era una niña de ciudad. El brillo y la determinación en sus ojos lo hacía evidente. No iba a resignarse a estar allí. Esa Veintitrés tenía algo especial. Fue entonces cuando Uno pensó que había posibilidades de escapar.

CAPÍTULO 6

ENFRENTANDO MONSTRUOS

A Milenka le gustaban los lunes. Por eso llamó *Ponidelnik* a su cabra favorita. Porque entre todas las cabras que tenían, Milenka sentía predilección por una. Fue la primera en la que asistió al parto. Le pareció algo asqueroso y maravilloso a partes iguales.

Enseñar a una cabra a ser obediente tenía lo suyo. El sistema de recompensas funcionaba muy bien. Haz esto y te doy lo otro. De vez en cuando se ponían un poco bravas, pero normalmente funcionaba. Su relación con *Ponidelnik* era especial. Se tumbaban juntas, jugaban... Eran prácticamente inseparables. De hecho, era la única cabra a la que su padre dejaba entrar de vez en cuando a la *isbá*. Pero, y a pesar de los cuidados, la cabra enfermó y hubo que sacrificarla. «Es por su bien, Milenka, está sufriendo», le dijo su padre. Lo entendió, pero no por eso dejó de ser más doloroso. No volvió a ponerle nombre a ninguna otra. Eso evitaría que se encariñara de ellas. Entre las paredes grises de aquel gran edificio, Milenka pensó que igual por eso les habían puesto números. No eran importantes, así que ¿por qué llamarles por su nombre? Ahora ella era una cabra, solo que aquí no había sistema de recompensas. O, al menos, como ella lo entendía.

Tras la cena (otra vez gachas, igual de malas y frías que las del desayuno) les guiaron de nuevo a la habitación en la que dormían. Antes de cerrar la puerta, Azul se giró.

—¡Veintitrés! ¡Ven aquí!

Milenka se puso tensa. Siete le había avisado:

—Si alguna vez te llaman, haz todo lo que te digan. No hables. No te resistas. Azul y Verde disfrutan haciendo daño. Naranja disfruta viéndolo. Cuanto más te resistas más les gustará.

—¿Y Negro? —preguntó Milenka.

—Negro no está nunca. Supongo que sabe lo que pasa, pero le da igual. Cuando entres en la habitación intenta pensar en otra cosa. Lo que sea. Algo que te haga feliz, algún recuerdo bonito. Lo que sea.

Azul cerró la puerta tras de sí y cerró con llave. Acompañó a Milenka entre los pasillos oscuros del edificio. La sombra del *domovói* volvía a seguirle por el techo. Llegaron a la habitación en la que Naranja (sentada en una silla de madera) y Verde (de pie a su lado) estaban esperando. Las llamas del horno iluminaban la estancia, como en su sueño, solo que ahora Milenka estaba sola frente a tres monstruos.

Naranja fue la primera en hablar, después de que Azul colocara a Milenka de espaldas a la pared. Con la cabeza gacha, Milenka miraba a sus pies descalzos.

—Veintitrés, levanta la cabeza. No escondas esa cara tan bonita.

Milenka obedeció.

—Desde luego las niñas de pueblo tienen algo especial —dijo Verde con una sonrisa en la cara. Sonrisa de monstruo.

Naranja volvió a hablar.

—Veintitrés, quítate la ropa. —«¿Cómo?», pensó Milenka. «¿Que me quite la ropa?»—. No me has oído, veintitrés. —Entonces azul le dio un azote con la vara en la espalda.

Milenka obedeció.

—Muy bien, Veintitrés, veo que las niñas de pueblo no sois tan tontas después de todo. —Y acto seguido Naranja le hizo una señal a Verde. Este monstruo (que se suponía debía enseñarle durante las clases) se acercó con dos cubos llenos de agua. Vació el primero de golpe sobre la cabeza de Milenka. Estaba muy fría. La niña empezó a temblar. El fuego en el horno empezó a crepitar, enfadado por tal injusticia. Milenka levantó la cabeza y miró a Naranja a los ojos. El segundo cubo le sorprendió menos, pero aún así, estaba frío. Una pata llameante empezó a salir del horno.

—Mira cómo tiembla esta pequeña carga para el zar. —Naranja reía. Milenka volvió a mirar a Naranja a los ojos—. ¿Qué estas mirando, niña? Azul, bórrale esa mirada de la cara. —Azul soltó la mano directa a la cara de Milenka. Pero la niña fue rápida y logró darle un buen mordisco. Azul pegó un grito y empujó a la niña, que cayó al suelo. La sangre brotaba de su mano.

—Maldita paleta —refunfuñó, y se acercó con la vara en alto.

Entonces fue cuando el animal escondido en el fuego salió en defensa de Milenka. Fue muy rápido, pero Milenka pudo verlo con claridad. El *domovói* había adoptado la forma de una cabra. Una muy grande.

—¿*Ponidelnik?* —El *domovói* cabra la miró. «No te preocupes, yo te protejo», escuchó Milenka en su cabeza.

La cabra se abalanzó primero contra Azul. El golpe con la cabeza fue duro y Azul se golpeó contra la pared con tanta fuerza que cayó al suelo, inconsciente. Entonces la cabra, aún con las llamas de fuego contorneando su figura, se giró mirando directamente a Naranja y Verde. Mientras la cabra avanzaba, los monstruos retrocedían. De espaldas al horno los monstruos no tenían dónde huir. La cabra abrió la boca y una bola de fuego empezó a formarse entre sus dientes. Eran dientes de león. Entonces la bola de fuego salió disparada contra los monstruos que cayeron ardiendo dentro del horno. Empezaron a gritar, hasta que se hizo el silencio. El animal protector se acercó a Milenka. «Estoy aquí para ti. Mientras me necesites, estaré a tu lado. Pero el peligro aún no ha pasado. Huye, Milenka. Tienes que huir. Recuerda: cuando aúllan los lobos». Y el *domovói* desapareció.

Milenka se despertó en su cama, dolorida y amoratada. No recordaba cómo había llegado de nuevo hasta ahí. Las llaves de la puerta sonaron y Azul entró en la estancia, como todos los días. Una venda cubría la mano en la que Milenka le había mordido.

Los niños y niñas se levantaron recitando las frases de rigor. ¡EL ZAR NOS CUIDA! ¡EL ZAR NOS QUIERE! ¡EL ZAR NOS PROTEGE Y NOS ALIMENTA!

Milenka recordó las palabras que por segunda vez le repitió el *domovói*: «huye». Pero no podría hacerlo sola. ¿O sí? Buscó con la mirada a Uno, que hizo lo mismo. Ese cruce de miradas lo dijo todo. Empezaba el plan de escape.

CAPÍTULO 7

JANUSZ

A Janusz le gustaban los lunes. Le emocionaba tener toda una semana por delante para hacer lo que le gustaba. ¿Y qué le gustaba a Janusz? Escuchar y respetar a los niños. Ayudarles a evolucionar, a ser mejores personas, a lidiar con sus temores. Eran barro moldeable. En esos primeros años se definirían como personas. Quería que fuesen de las buenas. Y en eso se enfocaba.

Era consciente de que la situación en el orfanato no era la mejor. Pero él poco podía hacer. Quizá fuera el menor de dos males, la otra opción era vivir (o morir) en las calles.

—La honestidad no razona. La verdadera honestidad lo sabe muy bien: esto es mío y lo otro no. No toco lo que no es mío. Entrego lo que es de otro. No me corresponde a mí. Le corresponde a él.

Era difícil en tiempos de guerra y hambre entender el concepto de honestidad. Pero no por ser más difícil había que dejar de intentarlo. Quizá era lo contrario, había que hacerlo con más fuerza.

Los veinticuatro niños y niñas le miraban sin entender demasiado lo que había querido decir. Milenka levantó la mano:

—Dime, Veintitrés —cómo odiaba Janusz tener que llamarle con un número.

—Pero, si no somos egoístas, si no miramos por nosotros, ¿cómo vamos a sobrevivir? ¿Cómo vamos a ser felices?

—Buena pregunta —Janusz se paró un momento para pensar en cómo enfocar su respuesta—. Piensa en la felicidad como un camino, en lugar de un destino. Las cosas que hagas y las personas en las que confíes van a hacer ese camino más fácil o más difícil. No hay respuestas exactas.

—Mi papá decía que la búsqueda de felicidad a toda costa era una excusa para ser egoístas. Pero no ser egoísta le llevó a morir él, mi mamá y que yo esté hoy aquí.

—Bueno, a veces hay que tomar decisiones en base a lo que creemos que es lo correcto y a la escasa información que tenemos en ese momento. Esas decisiones pueden llevarnos a lugares que no queremos y debemos aceptar las consecuencias de nuestros actos. Pero si era por algo en lo que creíamos, esas consecuencias se llevan de otra manera. A la larga, es mejor pensar en «nosotros» que en «yo».

Pensar en *nosotros*. Le recordó lo que una vez le dijo su madre. Cuando decides casarte con alguien tienes que dejar de pensar en singular y hacerlo en plural. Pensar en plural. ¿Pensar así le ayudaría a salir de aquel lugar? Milenka tenía sus dudas.

—Es como con las cabras —decía Milenka en voz baja. Durante el rato que les dejaban salir al exterior; un pequeño grupo se había reunido en la parte de atrás del edificio. Estaban Uno, Dos, Tres y Milenka. No podían estar demasiado tiempo o los monstruos se darían cuenta.

—¿Cabras? ¿Qué tienen que ver las cabras en esto? —preguntó Dos. Nunca había salido de la ciudad, nunca había visto una cabra.

—Sí, cabras. Si quieres enseñarles a que hagan lo que les pidas tienes que ofrecerles alguna recompensa. Así saben qué tienen que hacer y cuándo.

—¿De qué nos sirve saber eso para salir de aquí? —preguntó Uno. Cada vez estaba más convencido de no haberse equivocado con aquella Veintitrés.

—Hay que convencer a los monstruos de que lo tienen todo bajo control. Es como el premio que le das a las cabras. Así están más relajados y podemos preparar mejor la huida.

—Interesante —dijo Dos—. Y, ¿cuántos nos vamos a ir?

—Cuantos menos seamos más posibilidades tendremos —dijo Milenka sin pestañear.

—Pero... —empezó a decir Dos.

—¡Viene Negro! —gritó Tres, que vigilaba desde la esquina.

—Rápido, Dos, dame un puñetazo —dijo Uno. Pensaba rápido—. Veintitrés, vete por el otro lado. Que Negro no te vea.

Hacían buen equipo. Eso era importante. Escapar de allí no iba a ser sencillo.

Milenka tenía una lucha interior. Janusz había hablado de pensar en los demás y no ser egoístas. Ella quería salir de allí y las probabilidades bajaban si eran muchos. La decisión que tomase iba a acompañarla el resto de su vida.

CAPÍTULO 8

PLAN DE ESCAPE

A Milenka le gustaban los lunes. Y sería el próximo lunes el acordado para salir de allí. El *domovói* le había dicho «recuerda: cuando aúllan los lobos». Eso le hizo pensar en la luna llena. El bosque que había alrededor del edificio era muy tupido. Y deberían moverse sin ningún medio de iluminación. La luna llena les permitiría ver mejor en mitad de la noche. Y el próximo lunes habría luna llena.

El premio: parece que los monstruos están picando. No llaman la atención. Cuando Azul se lleva a alguno de ellos a la habitación con Verde y Naranja, no se resisten. Lo que ocurre con la puerta cerrada se queda allí. Parece que empiezan a estar con la guardia baja. La única que parece no estar muy convencida es Negro. Esperemos que no sea un problema. Con la primera fase preparada, toca analizar el plan.

Problema uno: la puerta de la habitación. Todas las noches Azul la cierra. Parece que solo hay una copia de esa llave y la única forma de abrir la puerta es desde afuera.

Solución: el día antes Uno hará todo lo posible para que le lleven al agujero. No será difícil, tiene experiencia. Cuando regrese intentará resistirse a Azul y dejarlo fuera de juego. Cuenta con los tiempos. Sabe que, dependiendo de la razón por la que se lo lleven, la estancia en el agujero será más o menos larga. Seguramente lo hacían de forma inconsciente, pero había un patrón que Uno pensaba aprovechar. Tenía que regresar a la habitación de cara a la noche. Como seguramente necesitaría tener fuerzas para enfrentar a Azul, Dos y Tres le daban la mitad de su ración de comida todos los días.

Problema dos: que Uno no pudiera con Azul. Aunque Uno estaba muy seguro, Milenka tenía alguna duda. ¿Y si Uno no podía vencer a Azul? No podían poner todos los huevos en la misma cesta. Propuso lo siguiente: Tres se las ingeniaría para esconderse fuera de la habitación. Era el más pequeño y escurridizo. Para eso, Azul tenía que creer que estaban todos dentro de la habitación.

Solución: como seguramente Azul iba a traer a Uno cuando ya estuvieran en las camas, rellenarían la sábana de Tres para que pareciese que estaba acostado y no fuese muy evidente que la cama estaba vacía. Esta opción era más arriesgada porque implicaría que Tres debía robar la llave mientras Azul descansaba y las posibilidades de que le pillaran eran altas. Ojalá no tuviera que hacerlo.

Problema tres: salir del edificio. Solo había una puerta de entrada y Negro era quien la custodiaba. También cerrada con llave. Una llave que Negro llevaba siempre al cuello. Sería muy difícil cogerla y salir por ahí.

Solución: esta era la parte en la que tenían más dudas y donde se requería más fe. Durante sus viajes al agujero, Uno había visto una serie de galerías que se adentraban bajo tierra y parecían ir más allá de los límites del edificio. Aunque no lo habían visto en sus paseos por el patio, Uno tenía la teoría de que esas galerías llevaban al exterior. Una especie de entrada oculta. Hasta dónde llegaría (si dentro del recinto o fuera de los muros) era una incógnita.

Problema cuatro: si las galerías llevaban a algún lugar dentro del recinto, aún les quedaría una última barrera. La verja de entrada.

Solución: por suerte, la llave de esa verja estaba colgada en una habitación cerca del agujero y normalmente no había nadie allí, así que sería fácil cogerla durante la huida, por si acaso.

Problema cinco: qué hacer después, hacia dónde dirigirse.

Solución: desde el orfanato habían escuchado sonidos que para Milenka eran desconocidos, pero no para los chicos de ciudad. Un tren avanzando por raíles. No debería estar demasiado lejos. Al salir deberían correr hacia el oeste. Debía ser un trayecto difícil porque parecía que el tren aminoraba al llegar a esa zona. Eso les daba una oportunidad.

Lo habían repasado cientos de veces. Intentado analizar todas las posibilidades. Pero nunca puedes tenerlo todo en cuenta. Y las cosas no suelen salir como esperas.

Azul estaba de pie en la puerta de la habitación.

—Siete, hoy te toca a ti. Ven.

—Siete no se encuentra bien, ya voy yo —respondió Uno.

—¿He hablado contigo? Siete, ¡que vengas!

Uno se acercó a Azul.

—No puede, está enfermo, voy yo.

—¿De repente te ha entrado sordera? —Y golpeó a Uno en la cara—. Aparta.

—No, señor, ya voy yo. —Uno estaba tensando la cuerda. No demasiado, sin faltar al respeto de forma directa, no quería pasar tres días en el agujero, tenía que salir mañana.

—Con lo bien que iban las cosas últimamente, tú siempre tienes que dar la nota. —Y agarrándolo del cuello dijo—: Venga, listillo. Al agujero, para que aprendas. Que parece que lo echas de menos. Y ¡Siete! Tú prepárate para cuando vuelva. No lo repetiré.

Y Azul desapareció por la puerta. Cerró con llave. Se llevó a Uno. Los engranajes del plan de escape empezaban a girar.

CAPÍTULO 9

ESCAPAR

A Milenka le gustaban los lunes. Algunos se olvidaban. Otros quedaban grabados a fuego.

Uno temblaba. Le dolía cada músculo de su cuerpo. Era el efecto de estar en el agujero. Un lugar húmedo y frío en el que casi no te podías mover. Donde compartías espacio con las cucarachas. Aunque el tiempo pasaba distinto allí dentro, había aprendido a calcularlo. No tardarían en venir a buscarle. Esperaba no haberse equivocado.

Tres intentaba no respirar muy fuerte. Ser pequeño y ágil le daba una ventaja que ahora debía aprovechar. Escondido en una pequeña habitación cerca del dormitorio, esperaba a que Azul llegara con Uno. Si la cosa se torcía iba a tener que ponerse en marcha. Estaba asustado pero, a su vez, emocionado. Confiaba en el plan. Confiaba en que, de ser necesario, estaría a la altura.

Milenka estaba acostada, pero muy despierta. Cuando se abriera la puerta iban a tener que actuar rápido. Y en silencio. No querían alertar a los monstruos, pero tampoco despertar al resto de niños y niñas. Si eso ocurría, las posibilidades de escapar se reducirían. Milenka no hacía caso a su voz interior, aquella que le hablaba como su padre. No. Milenka iba a ser egoísta.

Dos también estaba muy atento. Su cometido era vigilar desde atrás mientras huían. Tenía buen oído. Y pensaba rápido.

Se oyeron pasos tras la puerta y el sonido de la llave entrando en la cerradura. Uno no se había equivocado. Azul lo llevaba cogido del cuello mientras avanzaban por el pasillo. Al llegar a la puerta del dormitorio, situó a Uno delante de sí y lo soltó un momento para coger la llave. Era el momento. ¿Cómo dejar fuera de combate a alguien más grande y corpulento que él? Fue algo a lo que le estuvo dando vueltas mientras estaba en el agujero. En un segundo, Uno flexionó las rodillas, agachándose para coger impulso. Tensó los músculos y saltó con fuerza hacia arriba, levantando la cabeza. El golpe que recibió Azul bajo el mentón fue duro e inesperado. Cayó hacia atrás perdiendo el conocimiento. ¡Lo había conseguido! Se agachó rápidamente para coger las llaves y abrir la puerta. Al levantar la vista, la vio. Al fondo del pasillo estaba Negro, que lo vio todo. ¿Qué hacía Negro allí? No tenía que estar allí.

Negro empezó a correr hacia Uno mientras tocaba el silbato que tenía colgado del cuello. No era muy rápida. Uno cogió las llaves y abrió la puerta. Del otro lado estaban Milenka y Dos, esperando. Antes de llegar a Uno, Negro pasó por la pequeña habitación en la que Tres estaba escondido. Viendo la situación, Tres cogió una fregona y la estiró en medio del pasillo, haciendo que Negro tropezara y cayera al suelo. Ganaron unos valiosísimos segundos.

Milenka y Dos vieron cómo la puerta se abría. De fondo, Azul tumbado en el suelo. Uno les apremiaba. Dos fue el primero en salir. Cuando Milenka fue a seguirle, alguien sujetó su ropa desde atrás. Con el número trece bordado en su vestido, Valeria la miraba con una expresión de desconcierto en la cara. No había tiempo de pensar ni de dar explicaciones. Milenka la cogió de la mano y salieron corriendo del dormitorio.

Avanzaban rápidamente por el largo pasillo. Uno delante, seguido de Tres, Milenka y Valeria. Dos cerraba la comitiva. De fondo se oía el silbato de Negro y sus pasos. Bajaron las escaleras que llevaban a la parte inferior del edificio. Una zona que Uno había memorizado bien. Pasaron por delante del agujero y la habitación en la que estaban colgadas las llaves de la verja exterior. Giraron a la izquierda por el pasadizo que, si Uno no se equivocaba, les llevaría al exterior. Como habían planeado, Dos se quedó rezagado para entrar en la habitación y coger las llaves. Tenía pensado hacerlo con más calma, pero la situación se había acelerado. Su atención estaba al cien por cien. Según entró en la habitación vio algo más que le puso en alerta. Decidió cogerlo. Al salir, se encontró de frente con Verde, que intentó atraparlo. Pero Dos era menudo y ágil. Rodó entre sus piernas y salió corriendo en dirección al pasadizo. Verde cayó hacia adelante soltando una maldición.

Uno, Tres, Milenka y Valeria llegaron al final del pasadizo. Lo que vio Uno le hizo gritar de frustración. ¿Cómo no había pensado en aquella posibilidad? ¿Cómo había sido tan tonto? Frente a ellos, una puerta doble que les conduciría a la libertad. Cerrada con una gruesa cadena sujetada por un candado. Uno golpeó la puerta, cogió las cadenas tirando con fuerza, mientras gritaba y lloraba de desesperación. Tres intentaba ayudar a Uno. Valeria abrazaba a Milenka. Entonces llegó Dos.

—Rápido, Verde se acerca. —Y le lanzó a Uno una llave. Colgaba de ella una pequeña tablilla de madera en la que se leía «Candado puerta exterior»—. Me ha parecido que nos haría falta.

—Pero ¡qué grande eres, Lev! —gritó Uno. Era la primera vez que Milenka escuchaba el nombre de Dos. Lo cierto era que, a pesar del tiempo que había pasado con ellos, aún desconocía los nombres de Uno y Tres.

Uno soltó el candado, quitó las cadenas y abrió las puertas. Un soplo de aire frío entró de golpe. Unas escaleras subían y algo de claridad entraba desde arriba. En ese justo momento llegó Verde que atrapó a Lev desde atrás. Fue inesperado y el pequeño y escurridizo Lev no pudo reaccionar.

—¡Corred! —gritó Lev intentando zafarse del monstruo, sin éxito—. ¡CORRED!

Y corrieron. Uno, Tres, Milenka y Valeria subieron las escaleras a toda prisa. Mientras ascendían, Milenka solo pensaba en una cosa. Las llaves de la verja exterior las tenía Lev.

CAPÍTULO 10

PERDÓN

A Milenka le gustaban los lunes.

Sentada en el porche de su casa, Milenka solía meditar sobre su pasado. Con el tiempo, acabó perdonando a su padre. La perspectiva que te da la experiencia ayuda a hacer esas cosas. Perdonarse a una misma era algo más difícil. Muchas veces pensó en las decisiones que había tomado en su vida. Las importantes. Aquellas que habían creado un punto de inflexión. Que le habían cambiado. Que le habían llevado hasta donde se encontraba en ese momento. Recordó en multitud de ocasiones las palabras de Janusz: «Es mejor pensar en "nosotros" que en "yo"». Y recordó la primera decisión importante que tomó. ¿Realmente tenían más posibilidades de escapar de aquel edificio siendo pocos? Si lo hubieran pensado mejor ¿podrían haber sido más quienes escaparan? ¿Qué hubiera pasado si, en aquellas milésimas de segundo en las que Valeria le cogió de la ropa, Milenka hubiera decidido zafarse y huir sola? Se acordaba mucho de Sergei (Siete, en aquel orfanato). De Lev. De Tres. Y de Uno. Es cierto, era una niña, pero, ¿cómo hubieran sido las cosas si las decisiones hubieran sido otras? ¿Qué pasó con los niños y las niñas que se quedaron allí, con los monstruos? Sí, Milenka pensaba a menudo en todo eso. Y sí, era muy difícil perdonarse. Volvió a recordar el lunes en el que escaparon.

Uno, Tres, Milenka y Valeria salieron al exterior. Los muros que rodeaban el edificio habían quedado atrás. Tuvieron suerte. Ese pasadizo llegaba hasta el bosque. Más allá de la verja de entrada. Abajo se oía gritar a los monstruos. Seguramente Azul ya había llegado donde se encontraba Verde. No podían perder tiempo. Uno y Tres salieron corriendo hacia la izquierda. Milenka y Valeria hacia adelante. Se internaron en el bosque. La luna llena lanzaba sus rayos de luz entre las copas de los árboles. La noche estaba despejada. Al adentrarse en el bosque, Milenka perdió su sentido de la orientación. Habían corrido sin mirar y no estaba segura de hacia dónde dirigirse ahora. Le pareció escuchar el sonido lento del traqueteo del tren, pero era incapaz de situar su procedencia. Empezaba a desesperarse cuando algo se iluminó a su izquierda. Milenka miró hacia allí y vio al *domovói* cabra, resplandeciente como el fuego en el interior de un horno. Nada se quemaba a su alrededor. Miró fijamente a Milenka, dio media vuelta y empezó a correr entre los árboles.

—Creo que sé hacia dónde ir —le dijo Milenka a Valeria—, pero tenemos que darnos prisa.

—Estoy muy cansada —respondió Valeria.

—Ya lo sé. —Y mirándola a los ojos le dijo—: solo un poco más. Un último esfuerzo.

Las dos niñas corrieron en la dirección por la que Milenka vio correr al *domovói.* Salieron del bosque para ir a parar a un claro. Un poco más adelante podían ver el tren que estaba circulando en ese momento. Empezaron a correr. Justo entonces Azul apareció en el claro.

—¡Veintitrés! ¡Trece! ¿A dónde os pensáis que vais? —Esas niñas no se iban a escapar. Jamás había ocurrido algo así y no estaba dispuesto a tener que dar explicaciones. Negro fue muy clara con las consecuencias.

Azul era rápido. Más que las niñas. Y recortaba las distancias muy velozmente. Milenka sabía que de seguir así, no alcanzarían al tren ninguna de las dos.

—¡Sigue corriendo y no mires atrás! —le gritó a Valeria mientras se paraba en seco y daba media vuelta. «Pensar en "nosotros"».

Si no llegaban las dos, por lo menos ralentizaría a Azul y Valeria podría huir. Entonces Azul cayó. ¿Había tropezado? No, Milenka vio que alguien le había cogido por las piernas. Era Uno.

—Corre, Milenka. ¡Corre! —Era la primera vez que Uno la llamaba por su nombre.

Y Milenka corrió. Valeria había conseguido subir al tren, pero ya empezaba a coger velocidad. ¿Sería lo bastante rápida como para llegar? A su derecha apareció el *domovói,* corriendo a su lado. Ahora era un caballo de fuego. Milenka se subió sobre su lomo. Y cabalgó. Llegó al tren y logró subirse. Abrazó a Valeria.

—Qué rápida has sido, Milenka —dijo Valeria.

—Ha sido gracias a Uno. Y al *domovói.* Yo sola no lo hubiera logrado.

—¿Al *domovói*? Si estabas corriendo sola. —Se extrañó Valeria—. Y ahora, ¿qué hacemos?

—Aún no lo sé, pero algo se nos ocurrirá. Paso a paso. Nos irá bien.

Milenka estaba sumida en sus recuerdos. Las muchas vivencias que tuvo tras escapar en aquel tren junto a Valeria, su inseparable amiga, con la que pasó buenos y malos momentos hasta que una enfermedad se la llevó. El reencuentro con Uno, años más tarde, en aquella casa de Minsk. Donde hablaron de Lev, Pavel y Sergei, también de monstruos. Muchas historias por escribir. Historias que hicieron de Milenka una mujer, madre y abuela increíblemente fuerte.

Un coche se paró en la casa de enfrente. Serían los nuevos propietarios. Se abrieron las puertas y bajaron dos monstruos y una niña. La saludaron a lo lejos y se acercaron.

—Buenas tardes —saludaron—. Somos sus nuevos vecinos.

—Hola —dijo la niña—. Me llamo Julia.

—Hola, Julia. Yo soy Milenka. Milenka Stroskova. Encantada de conocerte.

EPÍLOGO

Tras recibir la llamada del fallecimiento de la señora Stroskova y asistir al funeral, uno de sus hijos se acercó a M.

—Hola —dijo—. Encontramos una carta dirigida a Julia. Mi madre la tenía preparada para enviar. Supongo que sabía que no le quedaba mucho tiempo. Creo que debería tenerla ella.

—Muchas gracias —dijo M.—. Le acompaño en el sentimiento. La señora Stroskova era una gran mujer.

—Y de mucho carácter —respondió el hijo de Milenka.

Al llegar a casa, M. le dio la carta a Julia, que la leyó sin demora.

«Querida Julia.

Ya me he leído el libro que me regalaste. Qué bonito. Entiendo que te guste tanto. Y ahora sé por qué me hablaste de aquel zorro.

Más tarde o más temprano tenemos que irnos de planeta, como ese joven príncipe. Pero mientras estemos en este, debemos intentar hacer las cosas de la mejor manera posible. Lo que has vivido hasta ahora y lo que vivirás te enseña. Cometerás errores. Quizá hagas daño a personas a las que quieres. No te rindas. Aprende. Perdona. Lucha. Y quiérete. Quiérete mucho. Eres una niña preciosa.

Hay una frase del libro que me ha gustado mucho: "Eres dueño de tu vida y de tus emociones, para bien y para mal". Conozco la sensación que queda cuando tomas una decisión y luego te preguntas si habrá sido la correcta. Recuerda que no puedes retroceder en el tiempo. Sigue adelante e intenta hacerlo mejor.

Haz cosas por los demás. Piensa en "nosotros" en lugar de en "yo". Y recuerda que la felicidad a toda costa no deja de ser egoísmo disfrazado.

Ya hablaremos más delante de otras cosas que me han gustado. Cuando te llame el próximo lunes. Un abrazo muy fuerte Julia.

M. Stroskova.»

El autor recomienda escuchar tras la lectura:

RIVER FLOWS IN YOU

YIRUMA

AGRADECIMIENTOS

A Sara, mi compañera de viaje y apoyo constante. A Leire, una pequeñaja que se alegra de que su madre haya nacido porque si no, tendría otra madre. A Eva, buena consejera, que me guio en algunos puntos delicados para que la información fuese fidedigna. A Sergio y Raquel, por informarme de los protocolos de urgencia. A Julia. A todas las personas que habéis vuelto a leer estas historias o las habéis empezado. Gracias. Sin vosotras no existirían.

ÍNDICE

Vol. 5

Vol. 6

Este libro se terminó de editar en Granada
en junio de 2024 por

Aliarediciones

www.aliarediciones.es
info@aliarediciones.es